AF500579

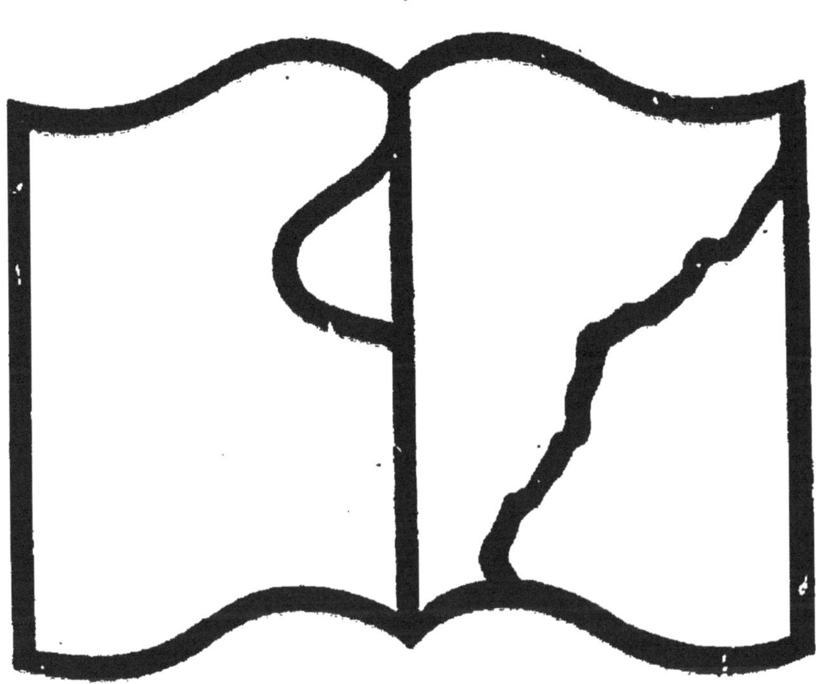

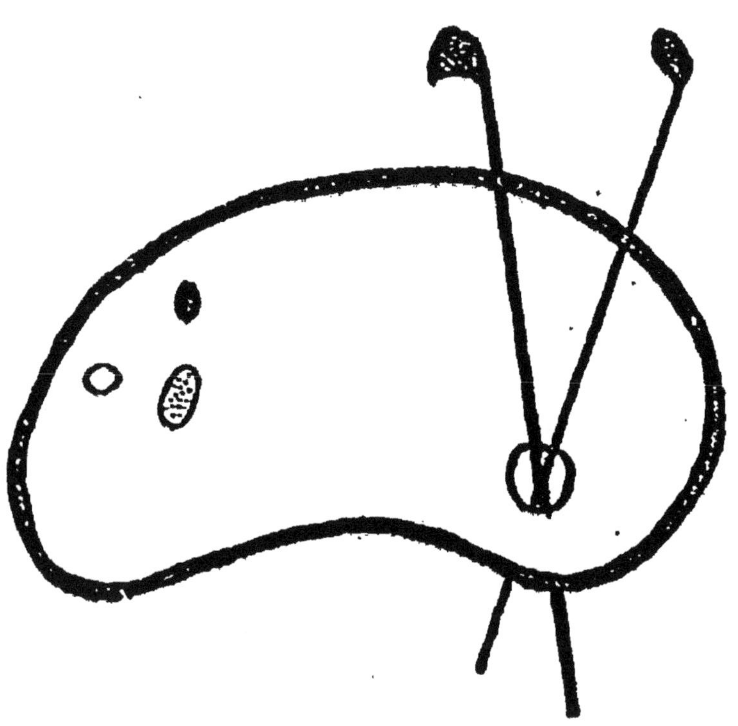

DEBUT D'UNE SERIE DE DOCUMENTS
EN COULEUR

FRANÇOIS COPPÉE

LE LUTHIER
DE CRÉMONE

COMÉDIE EN UN ACTE, EN VERS

DIXIÈME ÉDITION

PRIX : 1 FRANC 50

PARIS
ALPHONSE LEMERRE, ÉDITEUR
27-31, PASSAGE CHOISEUL, 27-31

Imprimerie E. Baruin et Cie, à Saint-Germain.

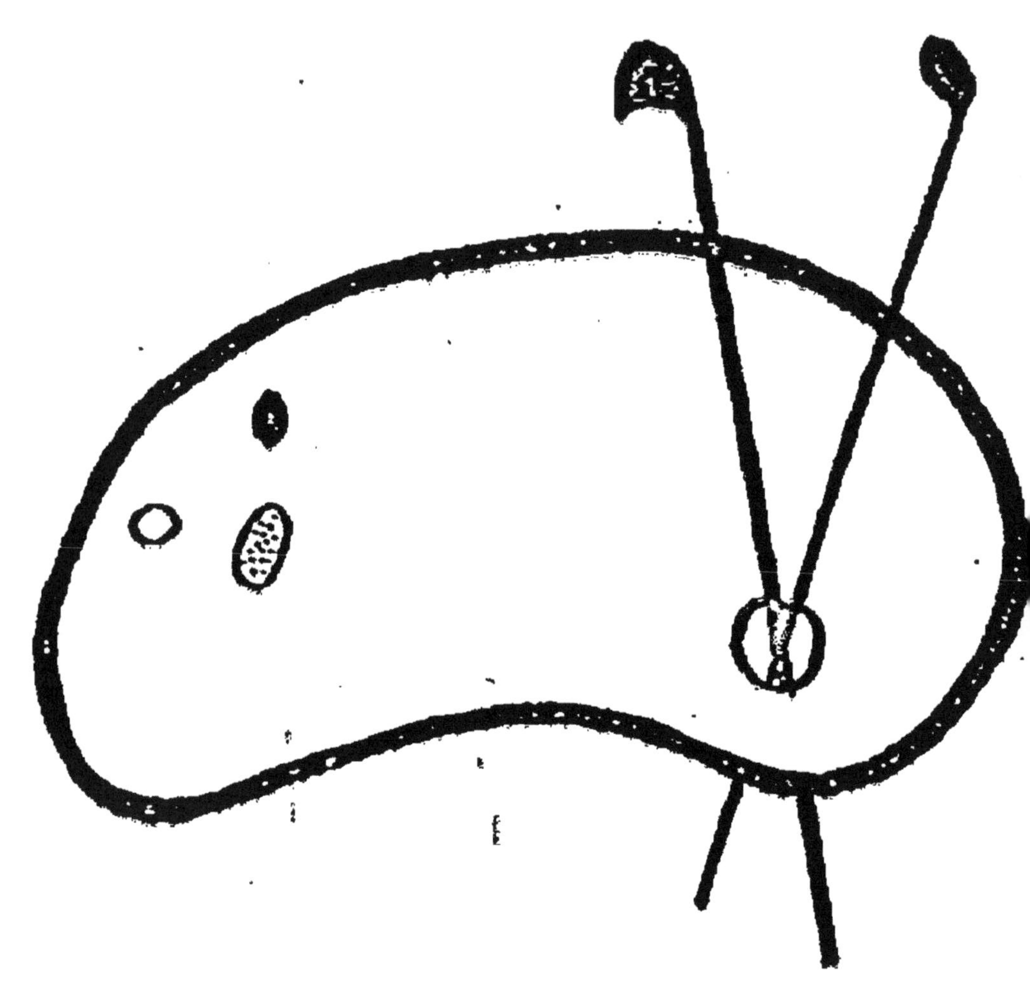

FIN D'UNE SERIE DE DOCUMENTS
EN COULEUR

LE

LUTHIER DE CRÉMONE

COMÉDIE EN UN ACTE, EN VERS

Représentée pour la première fois à la COMÉDIE-FRANÇAISE
le 23 Mai 1876

Imprimerie D. BARDIN et Cie, à Saint-Germain.

FRANÇOIS COPPÉE

LE LUTHIER DE CRÉMONE

COMÉDIE

PARIS
ALPHONSE LEMERRE, ÉDITEUR
27-31, PASSAGE CHOISEUL, 27-31

à

CONSTANT COQUELIN

Son ami reconnaissant,

F. C.

PERSONNAGES

TADDEO FERRARI, Maître luthier. MM. THIRON.

FILIPPO, son élève. . . . . . . COQUELIN.

SANDRO, id. . . . . LAROCHE.

GIANNINA. . . . . Mlle BLANCHE BARETTA.

LA CORPORATION DES LUTHIERS.

A Crémone, vers 1750.

LE
LUTHIER DE CRÉMONE

Un atelier de lutherie au XVIIIe siècle. Au fond, une vitrine avec une grande porte s'ouvrant sur une rue de la ville, dont on aperçoit les maisons. — Des violons, des violoncelles, des basses et d'autres instruments de musique sont épars dans l'atelier. — A gauche, un comptoir, bien en vue. — A droite, un grand fauteuil près d'une table. — Au fond à droite, un pupitre. — Deux portes latérales.

SCÈNE PREMIÈRE.

MAITRE FERRARI, GIANNINA.

MAÎTRE FERRARI, *légèrement pris de vin.*

Non, Giannina, j'ai fait un serment d'honnête homme
Et je veux le tenir. Aussi vrai qu'on me nomme

Taddeo Ferrari, maître et patron luthier
A Crémone et syndic des gens de mon métier
Dont aux processions je porte la bannière,
Tu seras mariée et de cette manière...

GIANNINA.

Mais, mon père...

MAÎTRE FERRARI.

J'agis très-raisonnablement.
Notre vieux Podestat, décédé récemment,
— Que Jésus le reçoive en ses miséricordes! —,
Voulant que le renom des instruments à cordes
Sortis de notre vieille et fameuse cité
Reste dans l'avenir toujours plus mérité,
Vient de léguer sa chaîne en or à l'homme habile
Qui ferait le meilleur violon de la ville.
Le concours est ouvert et se juge aujourd'hui.
Et moi, simple artisan, mais m'inspirant de lui,
Aux compagnons luthiers assemblés en famille,
J'ai promis de donner ma maison et ma fille
A celui qui, par son talent dans notre état,
Aurait la chaîne d'or du défunt Podestat.
C'est convenu, conclu, réglé! Donc, point d'affaire!

GIANNINA.

Je vous ai dit que j'ai quelqu'un que je préfère.

MAÎTRE FERRARI.

Sandro ! Tu l'oublîras. Le voilà prévenu.

GIANNINA.

Mais enfin, si c'était, cet artiste inconnu,
Un méchant gars et point digne de vous, en somme.

MAÎTRE FERRARI.

Un habile ouvrier est toujours honnête homme.

GIANNINA.

.. Un paresseux, n'ayant de l'avenir nuls soins ?

MAÎTRE FERRARI.

Étant payé plus cher, il peut travailler moins.

GIANNINA.

... Un brutal qui battrait les femmes ? Il s'en trouve.

MAÎTRE FERRARI.

S'il n'a pas le repos au logis, je l'approuve.

GIANNINA.

... Un buveur, par le vin le dimanche alourdi ?

MAÎTRE FERRARI.

Et comment suis-je donc, ma fille, le lundi ?
Respect aux amateurs des vendanges d'octobre !
Un bon musicien ne doit pas être sobre.
On ne fait pas mentir un dicton. C'est très-mal.

GIANNINA.

Mais enfin, si c'était un tel original
Qu'il refusât ma main?... Ah!

MAÎTRE FERRARI.

Par sainte Cécile,
Ce drôle-là serait, vraiment, bien difficile.
Non! non! Un bon parti comme toi, Giannina,
Vois-tu bien, ce n'est pas tous les jours qu'on en a.
Deux mille écus lombards ne sont point bagatelle,
Et c'est ta dot, ma fille, avec ma clientèle,
A moi, l'élève aimé de Stradivarius.
D'ailleurs, j'ai fait serment... Ainsi, n'en parlons plus.
Rendu par l'âge, auquel il n'est point de remède,
Moins habile, je veux un successeur qui m'aide.
Le lauréat aura ma fille et ma maison.

GIANNINA.

Mon bon père, pourtant...

MAÎTRE FERRARI.

C'est assez de raison!

GIANNINA.

Si le vainqueur, — je ris lorsque je fais ce rêve, —
Mais pourtant, si c'était votre petit élève
Filippo?

MAÎTRE FERRARI.

Filippo?

GIANNINA.

S'il obtenait le prix?

MAÎTRE FERRARI.

Mais, je n'en serais pas extrêmement surpris.
Et si du Podestat il m'apportait la chaîne,
Vous vous épouseriez la semaine prochaine.

GIANNINA.

Épouser Filippo!

MAÎTRE FERRARI.

Pourquoi pas?

GIANNINA.

Un bossu!

MAÎTRE FERRARI.

J'ai les yeux assez bons pour m'en être aperçu ;
Mais, le fût-il deux fois, — que cela ne te trouble,
Il m'apparaît souvent ainsi, quand j'y vois double, —
Il serait ton mari.

GIANNINA.

Sainte Vierge!

MAITRE FERRARI.

D'ailleurs,

Filippo n'est-il pas un garçon des meilleurs,
Bon, serviable, honnête?... Il a l'air un peu triste,
Il est bossu, c'est vrai; mais c'est un grand artiste.
Il est musicien comme Palestrina.
Dans le petit concert qu'un jour il nous donna,
— Et je suis cependant un critique sévère, —
Comme je l'écoutais, en regardant mon verre
Plein de vieux vin d'Asti, — tu sais, le bon cachet, —
Il fit si bien gémir les cordes sous l'archet
Et mit dans son jeu tant de douleur et de charmes,
Que je me suis senti venir deux grosses larmes.
Ah! je les ai voulu retenir mais en vain,
Et j'ai, pour une fois, mis de l'eau dans mon vin.

GIANNINA.

J'estime Filippo tout comme vous, mon père,
Je le plains, et j'ai fait de mon mieux, je l'espère,
Pour lui faire oublier, à force de bonté,
Son chagrin, sa misère et sa difformité
Qu'avec tant de douceur le pauvre être supporte,
Depuis le jour d'hiver où, devant notre porte,
En mendiant son pain, Filippo s'arrêta...
Mais pourrais-je l'aimer? Voyons.

MAÎTRE FERRARI.

Ta, ra, ta, ta.
Si tu ne prétends rien m'objecter de plus grave,

Restons-en là. Je vais faire un tour à ma cave.
Il faut, pour ce grand jour, quelques flacons poudreux...

GIANNINA.

Si j'allais... L'escalier est raide et dangereux ;
On y peut trébucher, et je serai plus prompte...

MAÎTRE FERRARI.

Je ne m'en aperçois que lorsque je remonte.
Non. Laisse-moi, vois-tu, car le plus grand plaisir,
Avant de boire un vin, c'est d'aller le choisir.

Il sort à gauche.

SCÈNE II.

GIANNINA, SANDRO.

Seule un instant, Giannina pousse un soupir; puis Sandro entre à gauche, portant un violon dans un étui en bois noir qu'il pose sur le comptoir à gauche.

SANDRO.

Eh bien, signorina?

GIANNINA.

Sandro!

SANDRO, lui prenant les mains.

Quelle nouvelle?
Le maître garde-t-il toujours dans sa cervelle

Sa résolution de ne vous marier
Qu'à celui qui sera le meilleur ouvrier?

GIANNINA.

Hélas! plus que jamais.

SANDRO.

Quelle folie extrême!
Mais a-t-il su de vous à quel point je vous aime,
Et que, si je n'ai pas votre main, j'en mourrai?
Qu'a-t-il donc répondu?

GIANNINA.

Que je vous oublirai.

SANDRO.

Le cruel!

GIANNINA, montrant l'étui à violon.

Avez-vous fini votre chef-d'œuvre?

SANDRO.

Fussé-je paresseux autant qu'une couleuvre,
J'eusse été toujours prêt; car, hélas! c'est en lui
Qu'est mon dernier espoir, et l'on doit aujourd'hui,
Par la voix des experts, à la maison commune,
Décider de ma bonne ou mauvaise fortune.

GIANNINA.

Voyons, en êtes-vous satisfait?

SANDRO.

C'est selon.
Je sais bien mon métier. J'ai fait un violon
Dans les règles de l'art, juste en ses quatre octaves,
Pur dans les tons aigus, profond dans les tons graves.
J'ai mis là tout mon temps et des soins infinis;
J'ai bien choisi mon bois, mes cordes, mon vernis,
Et c'est un instrument, je crois, digne d'un maître.

GIANNINA, avec joie.

Mais alors vous aurez le prix, Sandro.

SANDRO.

Peut-être.

GIANNINA.

Mais vous aurez le prix! Voyons. Pourquoi douter?
Quel concurrent fameux pouvez-vous redouter?
Et pourquoi faut-il donc que toujours je sermonne?
Mon père est le premier artiste de Crémone,
Et c'est chez lui, Sandro, que vous avez appris...
Et puis d'abord, je veux que vous ayez le prix.

SANDRO.

Aucun rival sorti de l'atelier d'un autre
Ne me fait peur.

GIANNINA.

Eh bien?

SANDRO.

Mais j'en ai dans le nôtre.

GIANNINA.

Quoi! Dans notre atelier?...

SANDRO.

Eh bien, oui, le bossu!
Et maudit soit le jour où vous l'avez reçu!

GIANNINA.

Filippo concourrait?

SANDRO.

La petite vipère
Devant moi l'annonçait hier à votre père.

GIANNINA.

Mon père qui disait tantôt en plaisantant
Que, s'il avait le prix, je devrais bien pourtant
Accepter le bossu pour mari?

SANDRO.

Que disais-je?

GIANNINA, riant.

Que ma sainte patronne en ce cas nous protége!

SANDRO.

Il vous croit libre; il peut espérer.

GIANNINA.

Ce soupçon
Ne peut pas me venir sur le pauvre garçon.
Il veut la chaîne d'or et le titre de maître.
Qu'il soit ambitieux, nous devons le permettre,
Mais il se connaît trop pour prétendre à ma main.

SANDRO.

Eh! n'importe, s'il sort vainqueur de l'examen.
Tenez! je n'ai jamais tant souffert de ma vie.
J'éprouve un sentiment affreux.

GIANNINA.

Lequel?

SANDRO.

L'envie!

GIANNINA.

Envieux, vous, Sandro! C'est impossible! Vous!

SANDRO.

Oui, moi, car je connais son œuvre et suis jaloux;
Et bientôt ils vont tous, comme moi la connaître.
— Ah! c'était l'autre nuit. J'étais à ma fenêtre
Et je pensais à vous devant le ciel d'été.
Dans le jardin, parmi la fraîche obscurité,
Un rossignol chantait, et ses notes perlées
Montaient éperdument aux voûtes étoilées.

Tout à coup j'entendis dans l'ombre un autre chant
Aussi divin, aussi sublime, aussi touchant
Que celui de l'oiseau. Je me penche et regarde,
Et je vois le bossu tout seul dans sa mansarde,
Assis à son pupitre et l'archet à la main.
Son violon, avec un accent presque humain,
Exprimant un amour où la douleur se mêle,
Égalait en douceur la voix de Philomèle.
Le plaintif instrument, l'oiseau sentimental
Alternaient dans la nuit leurs trilles de cristal;
Et moi-même, écoutant l'harmonieuse lutte,
Je ne distinguais plus, au bout d'une minute,
Lequel de ces deux chants, prenant ainsi leur vol,
Venait du violon ou bien du rossignol.

GIANNINA.

Le succès d'un rival vous rendrait aussi triste?

SANDRO.

Ah! C'est un sentiment indigne d'un artiste.
Mais si dans votre père il trouve tant d'appui,
S'il est vainqueur...

GIANNINA.

C'est vous que j'aime et non pas lui.
Je promets d'être à vous, ou sinon à personne.

SANDRO.

Bien sûr?

GIANNINA.

Bien sûr.

SANDRO.

Mon Dieu! comme vous êtes bonne!

GIANNINA.

Pour gage du serment, voici ma main.

SANDRO, lui baisant la main.

Merci!

Tumulte au dehors.

GIANNINA.

Mais quel est ce tapage?

SCÈNE III.

FILIPPO, SANDRO, GIANNINA.

Filippo entre vivement au fond, referme brusquement la porte derrière lui, puis, tout essoufflé.

FILIPPO.

Ouf! enfin, m'y voici!

Les petits gueux! J'ai bien cru qu'ils allaient m'atteindre.

GIANNINA.

Qu'est-ce donc, Filippo? qui donc semblez-vous craindre?

Et qui donc vous poursuit?

FILIPPO.

De méchants polissons
Qui, s'armant de cailloux fort durs et de tessons,
Ont voulu m'assommer.

GIANNINA.

Vous?

FILIPPO, *se touchant la tête.*

A telles enseignes
Que là, je sens au front...

Montrant sa main.

Voyez plutôt.

SANDRO.

Tu saignes!

GIANNINA.

De l'eau... vite!

Elle va chercher sur une crédence un vase et une aiguière.

SANDRO.

Dis-nous comment ceci t'advint.

FILIPPO.

Ah! parbleu, c'est bien simple. Ils étaient quinze ou vingt,
Gâte-sauce, écoliers, un tas de rien qui vaille,
A lapider un chien au pied d'une muraille,
Un pauvre chien, aux yeux éteints, aux poils pendants,
Ayant la force au plus de leur montrer les dents,

Infirme et se traînant sur sa patte brisée.
En voyant cette bête ainsi martyrisée,
J'eus le cœur soulevé d'un douloureux émoi;
Je croyais voir souffrir un humble comme moi.
Bravement je m'élance au sein du populaire;
En demandant pitié, j'excite la colère.
Ah! l'on ne songe plus à la bête, à présent.
Lapider un bossu c'est bien plus amusant!
Je me mets à courir, les traînant à ma suite,
J'enfile une ruelle, une autre, et, sans ma fuite,
On m'eût assassiné, cela n'est pas douteux,
Mais j'ai sauvé la vie au pauvre chien boiteux!

Il tombe épuisé sur un fauteuil.

GIANNINA, *posant son mouchoir trempé d'eau sur le front de Filippo.*

Ces vagabonds! Vit-on jamais tant de malice?
Pauvre garçon!

FILIPPO, *à part.*

Sa main sur mon front! ô délice!

GIANNINA.

Êtes-vous mieux?

FILIPPO, *se levant et d'une voix très-émue.*

Merci! Je n'ai plus mal.

SANDRO, *à part.*

Vraiment,

C'est trop d'émotion pour un remercîment!
Je ne me trompe pas. Il l'aime!

SCÈNE IV.

LES MÊMES, MAITRE FERRARI

MAÎTRE FERRARI, *un peu plus gris que d'abord et portant un panier à bouteilles.*

C'est étrange!
Voilà plus de vingt ans, mes amis, que je range
Mes deux sortes de vin en un lieu bien couvert:
A droite, cachet rouge; à gauche, cachet vert.
Personne n'entre là, j'ai la clef dans ma poche.
Eh bien, je viens de voir, soit dit sans nul reproche,
Que mes vins, qui sont là de toute éternité,
M'ont fait le mauvais tour de changer de côté.
Hein! Mes flacons entre eux font-ils donc la débauche,
Ou ne connais-je plus ma droite de ma gauche?

GIANNINA.

Mon père...

MAÎTRE FERRARI.

Toi, fillette... Eh bien, je te cherchais.
Tantôt, quand on aura fait grincer les archets
Et qu'enfin nous saurons à qui je te marie,
Je reçois à dîner toute la confrérie.

Viens donc m'aider à mettre, afin que je sois beau,
Ma perruque de fête et mon habit barbeau.
En manquant de tenue, un homme se dégrade.
Viens !

Il sort à droite, suivi de Giannina.

SCÈNE V.

FILIPPO, SANDRO.

SANDRO.

L'instant décisif approche.

FILIPPO.

Oui, camarade.

SANDRO.

Ton violon est prêt ?

FILIPPO.

Il l'est.

SANDRO.

Es-tu content ?

FILIPPO.

Oui, bien sincèrement. Et toi ?

SANDRO.

Moi ? Pas autant.

FILIPPO.

Tant pis. Dans la courtoise et fraternelle lutte,
Ce qui m'aurait le mieux consolé d'une chûte,
C'eût été ton succès, à toi, mon compagnon.
Voyons, Sandro, veux-tu me donner la main ?

SANDRO, *après un silence.*

Non !

Il sort brusquement.

SCÈNE VI.

FILIPPO, *seul.*

Un envieux ! Voilà que le chagrin commence !
Il souffre. Pardonnons. Mais, parbleu ! c'est démence
De croire qu'à l'ami pauvre et déshérité
Qui n'envia jamais sa force et sa beauté,
Un homme trouve un jour le plus mince mérite
Sans que son amour-propre aussitôt s'en irrite.
Ce serait bien pourtant : être amis et rivaux.
Celui-là ne sait pas non plus ce que tu vaux,
O cœur plein de tendresse et que le monde isole !
Mais mon chef-d'œuvre est là qui de tout me console.
Pauvre cher violon ! Je suis pareil à lui ;
Instrument délicat dans un informe étui.

Il va prendre, dans une armoire, son violon qui est renfermé dans un étui rouge et le pose sur la table à droite.

Viens, je veux te revoir encore, ô mon ouvrage,
Chère création sur qui j'eus le courage
Moi, l'ouvrier débile et dévoré d'ennuis,
De passer au travail tant de jours et de nuits!
Viens, de ton sein profond va jaillir tout à l'heure
Le scherzo qui babille et le lento qui pleure.
Sur le monde, tu vas répandre, ô mon ami,
Le sublime concert dans ton sein endormi.
Viens, je veux te revoir et te toucher encore!
Je n'éveillerai pas ton haleine sonore,
Mais je veux seulement voir mon regard miré
Une dernière fois dans ton beau bois doré.
Car il faut nous quitter pour ta gloire et la mienne;
Mais, dans ta vie ami, noble ou bohémienne,
Que tu fasses danser le peuple des faubourgs
Ou que devant les grands du monde et dans les cours,
Tu frémisses aux doigts des puissants virtuoses,
Moi qui, naïvement, crois à l'esprit des choses,
En te disant adieu, je viens te supplier,
Noble et cher instrument, de ne pas oublier
Celui qui t'a donné tes beaux accents de flamme
Et le pauvre bossu qui t'a soufflé son âme!

Il remet le violon dans son étui.

Mais quel enfant je suis! Et puis, non, je me mens
A moi-même et j'étouffe en vain mes sentiments.
Pauvre fou! Ce n'est pas seulement pour la gloire

Que j'ai voulu sur tous gagner cette victoire
Et que sur ce travail mon effort s'obstina ;
C'est pour elle, la douce et belle Giannina.
Car seule elle eut pitié de ma peine en ce monde,
Et lorsque mon enfance errante et vagabonde
S'arrêta sur le seuil de maître Ferrari,
Si bonne en m'accueillant, seule, elle n'a pas ri.
Non, ce muet amour de son ami d'enfance,
Giannina ne peut pas le prendre pour offense,
Ni m'en vouloir du grand désir que j'ai formé
D'être assez glorieux un jour pour être aimé.
Oh! certes, si j'obtiens le succès que j'espère,
Je ne m'armerai pas du serment de son père...
Mais peut-être... qui sait?... son cœur est libre encor...
Quand je lui donnerai la belle chaîne d'or,
Quand elle sentira que de ce corps si frêle
La flamme du génie a pu jaillir pour elle,
Elle est fille d'artiste, elle aura la grandeur,
En songeant au talent, d'oublier la laideur,
Et par tant de raisons son âme combattue
Pourrait bien... Oh! je fais un rêve qui me tue!

SCÈNE VII.

FILIPPO, GIANNINA.

GIANNINA, *entrant.*

Il est seul... Ah! Je veux lui parler et savoir
Si Sandro peut encor conserver quelque espoir.
Haut.
Filippo!

FILIPPO, *sortant de sa rêverie.*

Dieu! C'est elle!

GIANNINA.

Il faut que je vous gronde,
Car seule j'ignorais ce que sait tout le monde,
Et ce n'est pas par vous que je l'ai même appris.

FILIPPO.

Quoi donc?

GIANNINA.

Que vous allez concourir pour le prix.

FILIPPO.

A vous il eût fallu d'abord que je l'apprisse,
C'est vrai. Mais quand j'ai su le singulier caprice
Du maître et le serment qu'il avait prononcé,
Pardon, signorina, mais je n'ai plus osé.

GIANNINA.

Oui, mais laissons cela. Mon vieux père qui m'aime
Ne voudra pas ainsi disposer de moi-même
Ni charger le hasard du soin de mon bonheur.
Quant à la chaîne d'or, quant au brevet d'honneur,
C'est différent, chacun a le droit d'y prétendre,
Et vous surtout, d'après ce que je viens d'apprendre.

FILIPPO.

Comment?

GIANNINA.

Mais vous avez construit un instrument
Qui, dit-on, doit avoir le prix, certainement.
Un chef-d'œuvre...

FILIPPO.

J'ai fait de mon mieux, je l'avoue;
Mais que dans le concours je triomphe ou j'échoue,
Qui donc, signorina, s'en préoccuperait?

GIANNINA.

Qui? mais bien des amis vous portent intérêt,
Vous l'ont même prouvé.

FILIPPO.

Pardon, je suis stupide.
On paraît méfiant quand on n'est que timide,
Et de tous mes secrets je vous dois la moitié.

Quand j'avais du chagrin, vous avez eu pitié;
Vous vous réjouirez d'un bonheur, s'il m'arrive.
Mais je suis devenu comme la sensitive,
Et quand on vient vers moi, d'un geste machinal
Je recule et je crois qu'on veut me faire mal.
Pardonnez!

GIANNINA.

S'il en est ainsi, je me retire.

FILIPPO.

Non, par grâce, restez! Non, je veux tout vous dire,
Car j'étais un ingrat et je vous offensais.
Sachez-le donc, je suis presque sûr du succès.
Je juge mon travail sans aucune indulgence,
Est-ce talent ou bien seulement bonne chance?
Je l'ignore, mais j'ai tout à fait réussi.

Montrant son violon.

Lorsque j'ai commencé mon œuvre que voici,
J'ai bien construit, avec tout le soin désirable,
La boîte en vieux sapin et le manche en érable,
Bref, j'ai fait de mon mieux... mais cela n'était rien;
Les autres violons peuvent être aussi bien...
Non, voyez-vous, mon coup de maître, ma merveille,
C'est que j'ai retrouvé, dans une heure de veille,
Le vernis d'autrefois, le secret envolé...

GIANNINA.

Quoi! le fameux vernis des vieux maîtres?...

FILIPPO, *s'animant.*

Je l'ai,
Et je veux dès demain, en généreux émule,
A tous mes concurrents en donner la formule.
Allez! j'ai comparé mon œuvre d'apprenti
Avec un violon de l'illustre Amati;
C'était le même son. Cela tient du prodige!
Juste le même son, oui, le même, vous dis-je!
J'en suis sûr, et, pareil aux maîtres d'autrefois,
Je fais jaillir de ces quatre planches de bois
Une note profonde, immense, magistrale
Et sonore à remplir toute une cathédrale.

GIANNINA, *à part.*

Hélas! pauvre Sandro!

FILIPPO.

Depuis ce jour heureux,
Je cache mon bonheur ainsi qu'un amoureux.
Que j'aie ou non le prix, puisque mon œuvre est faite,
Que m'importe à présent? ma vie est une fête.
Je jouis, en avare et seul, de mon trésor.
Tous les matins, avant qu'il fasse jour encor,
Je traverse Crémone endormie et je gagne
Un endroit que je sais, là-bas, dans la campagne,
Avec mon violon caché sous mon manteau.
Là, je m'assieds, tout seul, au versant d'un coteau,

Dans le gazon trempé de rosée, et je rêve
Jusqu'à l'heure sublime où le soleil se lève.
Enfin, quand l'horizon s'emplit de diamants,
Lorsque s'annonce, avec de longs frémissements,
Autour de moi le grand réveil de la nature,
Lorsque l'herbe frissonne et que le bois murmure,
Et que des buissons verts par la nuit rajeunis,
S'échappe le concert éblouissant des nids,
Je prends mon violon, joyeux, et j'improvise!
Ah! voyez-vous, c'est là la récompense exquise;
Et j'accompagne alors d'un archet triomphant
Tous les bruits glorieux dans le soleil levant,
Ces longs soupirs du vent à travers la feuillée
Et ces gazouillements de volière éveillée.
Je joue avec ivresse, et l'instrument vainqueur
Que je sens tressaillir là, tout près de mon cœur,
Mêle à ces chants d'aurore où mon âme se noie
Un hymne merveilleux de jeunesse et de joie!

GIANNINA, *à part.*

Pauvre, pauvre Sandro!

Haut.

C'est si beau que cela!

FILIPPO, *mettant son violon à l'épaule.*

Écoutez seulement comme il donne le *la*.

GIANNINA.

Oh! jouez donc un air! Je voudrais mieux l'entendre.

FILIPPO, à part.

En me priant ainsi, sa voix est presque tendre.
Mon Dieu! pour mon succès ferait-elle des vœux?

Haut.

Vraiment, signorina, vous voulez?

GIANNINA.

Oui, je veux.

à part.

C'est l'unique moyen de savoir s'il se flatte
Ou s'il dit vrai.

FILIPPO.

Je prends, s'il vous plaît, la sonate
En sol, de Corelli?

GIANNINA.

Tout ce que vous voudrez.

FILIPPO, derrière le pupitre.

Écoutez bien cela.

Scène muette. Filippo exécute les premières mesures d'un thème majestueux et grave sur son violon qui est d'une sonorité merveilleuse : le visage de Giannina, qui l'écoute attentivement, ne tarde pas à exprimer une admiration douloureuse ; puis elle laisse tomber sa tête dans ses mains et fond en larmes. Filippo s'en aperçoit enfin et s'écrie :

Que vois-je? vous pleurez!

Ainsi je fais pleurer, moi qui faisais tant rire!
N'est-ce pas qu'on dirait une voix qui soupire?
Et n'est-ce pas que l'art est consolant et beau,
Puisque ce malheureux bossu, ce Filippo
Qu'ils accablaient tantôt de rires et de pierres,
A pu faire germer des pleurs sous vos paupières?
Oh! non, je ne suis plus le paria d'hier,
J'ai le droit de lever la tête et d'être fier.
Je vous ai fait pleurer, mais ceci me dispense,
Giannina, d'autre gloire et d'autre récompense,
Et nul prix ne serait pour moi plus précieux
Que les chers diamants qui tombent de vos yeux!

GIANNINA.

Arrêtez... Je ne puis vous tromper davantage.
Je comprends votre orgueil d'artiste et le partage
Comme j'ai partagé naguère vos douleurs;
Mais ce n'est pas cela qui fait couler mes pleurs.

FILIPPO.

Et qu'est-ce donc?

GIANNINA.

Je vais vous faire de la peine;
Mais vous aurez pitié de moi, j'en suis certaine,
Quand je vous aurai dit, mon bon, mon vieil ami,
Que j'avais un amour dans le cœur, que parmi
Les rivaux, je rêvais le succès pour un autre...
Et que tout mon bonheur est détruit par le vôtre.

FILIPPO.

Ah!

GIANNINA.

C'est qu'il ne faut pas en être trop fâché,
Voyons... j'ignorais tout, vous m'aviez tout caché.
Je vous croyais encore un ouvrier novice;
C'était tout naturel, après tout, que je fisse
Des souhaits de bonheur pour l'homme que j'aimais.
Si j'avais su la chose, ah! je vous le promets,
Je ne me serais pas sans effort décidée
Entre vous deux; j'aurais accepté cette idée
Que vous pouviez avoir plus de talent que lui,
Enfin, je n'aurais pas pleuré comme aujourd'hui.

FILIPPO, désignant la porte par où est sorti Sandro.

Vous aimez?...

GIANNINA, à voix basse.

Oui!...

FILIPPO.

Sandro!...

GIANNINA.

Voyez, je vous confie
Sans hésitation le secret de ma vie...
Il nourrissait aussi l'espoir de réussir

Et c'était, j'en conviens, mon plus ardent désir;
Mais maintenant, après ce que je viens d'entendre,
Je vois bien qu'à ce prix il ne doit plus prétendre,
A ce prix qui servait notre amour mutuel.
Perdre un si cher espoir, n'est-ce pas, c'est cruel?
Oh! mon chagrin n'a pas d'amertume; au contraire,
Car c'est mon compagnon d'enfance, c'est mon frère
Qui doit avoir ce prix et qui l'a mérité...
Mais c'est plus fort que moi... Pardon...

Elle pleure abondamment.

FILIPPO.

En vérité,
Je souffre autant que vous, et je vous en supplie...

GIANNINA, avec un effort.

Oh! oui, c'est mal, je suis bien injuste... j'oublie
Votre infortune, à vous, et je ne songe pas
Que, malade et chétif, vous n'avez ici-bas,
Pauvre ami, que votre art, qui du moins vous console.
C'est fini. Je n'ai plus de chagrin. J'étais folle.
C'est bien ainsi: l'amour à lui, la gloire à vous.
Mon cher Sandro sera quand même mon époux.
Et vous êtes un grand artiste que j'admire,
Et je vous aime bien et je veux vous sourire.

Elle lui prend les mains.

Et je ne pleure plus... je le veux, je le doi...
Vous voyez, je souris...

Eclatant en sanglots.

Mais c'est plus fort que moi !

Elle sort.

SCÈNE VIII.

FILIPPO, seul, après un instant de méditation douloureuse.

Eh bien, quoi? Tout est dit... c'est un autre qu'elle aime,
Et voilà d'un seul mot résolu le problème
De mon bonheur.. Un autre !... Oui, ce jeune ouvrier...
Pourquoi pas, après tout? Vas-tu te récrier,
L'accuser d'injustice et t'indigner contre elle?
Mais, malheureux, la chose est toute naturelle.
A son âge, un amant, comment le rêve-t-on?
Pareil à ce jeune homme; et toi, triste avorton,
Qui fais sur ton chemin rire la populace,
Tu ne t'es donc jamais regardé dans la glace?
Et je n'ai rien vu, rien ! Aveugle ! Aveugle et fou !
Allons, va te cacher, bossu, dans quelque trou !
Elle aime ce Sandro? Qu'ils soient heureux ensemble !
Toi, va-t-en, souffre et meurs ! Oh ! quel vide ! Il me semble
Que quelque chose en moi s'est éteint pour toujours.
A quoi bon, maintenant, prendre part au concours?

À quoi bon, maintenant, ce triomphe illusoire?
Qu'en ferais-tu, rêveur, qui ne voulais la gloire,
Hélas! que pour lui plaire et t'en voir admirer,
Et qui n'as réussi qu'à la faire pleurer?
Je ne concourrai pas. — Ce Sandro, dans la ville,
Est je pense, après moi, l'homme le plus habile.
Qu'il ait le prix, afin qu'elle ne pleure plus!

Prenant son violon.

Et toi pour qui j'ai fait tant d'efforts superflus,
Inutile travail qu'à présent je méprise,
Ainsi que mon espoir, il faut que je te brise.

S'arrêtant.

Mais quelle idée!... Oh! Dieu! comme mon cœur est pris!
Si quelque autre ouvrier allait avoir le prix?
S'il l'épousait?... C'est trop l'aimer! C'est ridicule!...
Non! C'est le dévouement qui s'offre, et je recule!
Car ces deux instruments sont tout pareils; je puis
Renoncer à mon œuvre en les changeant d'étuis.
Ce Sandro n'a pas l'âme assez musicienne
Pour distinguer d'abord mon œuvre de la sienne,
Lorsque l'on essaira les instruments là-bas...
Je lui dirai plus tard... On ne rouvrira pas
Ces boîtes; on les porte au jury tout à l'heure...
Tant pis! Je ne veux plus que la pauvre enfant pleure,
Et toi, mon violon, tu ne dois plus périr,
Puisque tu peux encor l'empêcher de souffrir!

Courage! Rendons-lui ce suprême service.

Il ouvre les deux étuis, met le violon de Sandro dans l'étui rouge, puis au moment de déposer le sien dans l'étui noir :

C'est pourtant un cruel et rude sacrifice!
Je n'aurais cru jamais — ô faibles cœurs humains! —
Qu'on pût tenir autant au travail de ses mains,
Et que l'âme de feu d'un artiste eût en elle
Ce foyer de tendresse émue et paternelle.
Je t'aimais bien, ô cher ouvrage que je fis!
Adieu donc pour toujours, mon chef-d'œuvre, mon fils!
Je puis me pardonner ma faiblesse dernière,
Car dans ce coffre étroit et noir comme une bière,
Je crois, en te posant, tant j'ai le cœur en deuil,
Que c'est mon enfant mort que je couche au cercueil!

Il referme brusquement l'étui; puis, d'une voix sourde :

C'est fait!

SCÈNE IX.

FILIPPO, MAITRE FERRARI, SANDRO.

MAÎTRE FERRARI, *entrant au fond.*

Allons! Sandro... Filippo... l'heure approche,
Et vous n'êtes pas prêts encor!... Quadruple croche!

SANDRO, *entrant à droite.*

Si fait, patron!

FILIPPO, désignant les deux étuis.

Voici nos envois préparés.

MAÎTRE FERRARI.

J'espère, mes enfants, que vous triompherez
L'un ou l'autre. Je suis un maître, et les profanes
Peuvent sur leurs crins-crins user des colophanes!...
Le prix sera pour nous. — Je viens de faire un tour
Dans la ville et partout s'annonce le grand jour.
Les gens endimanchés vont voir en ribambelle
S'assembler le jury; le maître de chapelle
Déjà siége au fauteuil et son noble profil
Se voit de loin, poudré comme un pommier d'avril.
Il circule dans l'air un souffle mélodique,
Dans la rue, on respire, on sent de la musique.
Par la flûte d'Euterpe et le luth d'Apollon!
A chaque carrefour s'accorde un violon.
Dans tous les pignons noirs, dans toutes les tourelles,
On entend doucement gémir les chanterelles,
Et Crémone, où grandit un confus crescendo,
Semble un orchestre avant le lever du rideau!

SANDRO.

Ainsi, maître, il est temps de partir?

MAÎTRE FERRARI.

Certe, en route!

SANDRO.

Me suis-tu, Filippo?

FILIPPO.

Non, camarade. Écoute...
Partout où je me montre, on se moque de moi,
Et tu m'obligerais d'emporter mon envoi
Avec le tien. Agis en loyal adversaire,
Car tantôt, n'est-ce pas? tu n'étais point sincère.
D'ailleurs, l'Hôtel-de-Ville est à deux pas d'ici.

Sandro prend, en détournant la tête, la main que lui tend Filippo.

Allons, Sandro, rends-moi ce service!

SANDRO.

Oui.

FILIPPO.

Merci!

Sandro sort, emportant les deux violons dans leurs étuis.

SCENE X.

FILIPPO, MAITRE FERRARI.

FILIPPO, *à part.*

Le sacrifice est fait. Ah! qu'il faut de courage!...

Haut, à maître Ferrari.

Vous n'allez donc pas voir couronner son ouvrage?

MAÎTRE FERRARI.

Si, je pars. Mais Sandro n'a pas le prix encor,
Et toi-même, tu peux gagner la chaîne d'or.
As-tu moins de talent et moins d'intelligence
Que lui?...

FILIPPO.

Non, vous savez, moi, je n'ai pas de chance.

MAÎTRE FERRARI.

Tu doutes trop de toi, sans te le reprocher.
Pour n'être pas, sans doute, aussi droit qu'un clocher
Tu n'es pas un moins bon luthier, et par la messe!
Si le prix est pour toi, je tiendrai ma promesse,
Et je te choisirai pour gendre et successeur.

FILIPPO.

Maître...

MAÎTRE FERRARI.

Laisse-moi donc, je suis fin connaisseur,
Et tu ferais, je crois, un homme de ménage.
Tiens, lorsque j'ai pris femme, ayant deux fois ton âge
Et qu'en cet atelier je me suis établi,
Vraiment, je n'étais pas non plus joli, joli...
Pas mal, mais comme on dit, la beauté chiffonnée.
Ma femme, — elle touchait à sa vingtième année, —
Était assez coquette, et c'était dangereux.
Bien des jeunes seigneurs s'en montraient amoureux;

Ils poussaient par ici toutes leurs promenades
Et, le soir, lui venaient donner des sérénades.
Mais admire à présent à quel point le hasard
Sauvegarde l'honneur des hommes de notre art.
A tous ces beaux messieurs aux manières câlines,
Je vendais dans le jour de bonnes mandolines,
Et la nuit, bien couché, je devinais, au son
De l'instrument, celui qui donnait la chanson,
De sorte que, paisible et sans peine importune,
J'ai surveillé ma femme et j'ai fait ma fortune.
Mais, diable! il ne faut pas oublier le concours!...
Ma canne... je dois être en retard, et j'y cours.

Il sort à droite.

SCÈNE XI.

FILIPPO, puis GIANNINA.

FILIPPO.

Il me tarde déjà que tout se réalise.

Apercevant Giannina qui entre au fond, portant une mantille et tenant à la main un livre de prières.

Elle! encor!...

GIANNINA.

Filippo, je reviens de l'église.
J'allais — pardon, j'ai tant de chagrin dans le cœur! —

Prier pour que Sandro, malgré tout, fût vainqueur;
Mais, en m'agenouillant devant sainte Cécile,
Voyez-vous, j'ai senti comme il est difficile
De demander jamais rien d'injuste au bon Dieu.
Et quoi qu'il arrivât, mon ami, j'ai fait vœu
Pour vous et pour toujours de demeurer la même.
Au revoir... A bientôt!...

Elle traverse la scène et sort à droite.

SCÈNE XII.

FILIPPO, seul.

Hélas! comme elle l'aime!
Et si j'avais été tel que lui, fort et beau,
Comme elle m'eût aimé!...

SCÈNE XIII.

FILIPPO, SANDRO.

SANDRO, entrant précipitamment par le fond, dans le plus grand trouble.

Filippo! Filippo!...

FILIPPO.

Quoi! des pleurs dans tes yeux! ta figure blêmie!
Que t'arrive-t-il donc?

SANDRO.

J'ai fait une infamie,
Je suis un scélérat... Pardon!... Pardon!... Pardon!...

FILIPPO.

Qui? Moi, te pardonner, mon ami? Et quoi donc?

SANDRO.

Vois-tu, je l'aimais trop... j'avais l'âme obsédée!...
Et je ne pouvais pas me faire à cette idée
Qu'un rival, quel qu'il fût, pût me vaincre à ses yeux.
Je suis un misérable, un lâche, un envieux.
Lorsque j'eus ton chef-d'œuvre en mes mains, c'est infâme!
Mais la tentation se glissa dans mon âme;
J'avais le cœur perdu de rage et de douleur,
J'ai cédé!... Près d'ici, tremblant comme un voleur,
Sous l'ombre d'un portail des ruelles étroites,
Filippo, j'ai changé nos violons de boîtes!

FILIPPO.

Toi?

SANDRO.

Je les ai portés devant les juges, puis,
Au moment où l'expert ouvrait les deux étuis,
Ah! je n'ai pas pu voir cela. J'ai pris la fuite.
Venge-toi! Devant tous, dévoile ma conduite!
Mais qu'elle n'en soit pas, par pitié, le témoin!
Je t'écrirai l'aveu du crime et puis bien loin

Je m'en irai mourir, car la honte est mortelle...
Mais ne m'oblige pas à rougir devant elle!

Il tombe à genoux.

FILIPPO.

Non, Sandro, je n'ai pas besoin de me venger.
Ton propre châtiment, tu viens de t'en charger.

SANDRO.

Que dis-tu?

FILIPPO.

Cette gloire, à mon chef-d'œuvre due,
Je te l'avais cédée et tu me l'as rendue.

SANDRO.

Comment?

FILIPPO.

Ces instruments, que ta main échangea,
Moi-même, je les ai changés d'étuis déjà.

SANDRO.

Qu'entends-je! Mon remords n'ose comprendre encore!
Pourquoi l'avais-tu fait?

FILIPPO.

Parce que je l'adore
Et parce que c'est toi que l'enfant préférait,
Et si j'ai le cœur plein d'un douloureux regret,
Si de ton action je te cherche querelle,
C'est qu'elle anéantit ce que j'ai fait pour elle.

SANDRO, se relevant.

Non, j'ai commis un crime, et je m'en veux punir.
Dis un mot, et je pars pour ne plus revenir.
Si Giannina m'oublie... eh bien! je me résigne...
Tu t'en feras aimer, car toi seul en es digne...
Je pars... je dois partir...

Tumulte au dehors.

FILIPPO.

Non. Reste. Obéis-moi!

SCÈNE XIV.

TOUS.

Maître Ferrari entre au fond et lève les bras au ciel en apercevant Filippo. Il est suivi de toute la corporation des luthiers et de deux pages aux couleurs de la ville, portant, l'un la chaîne d'or du Podestat sur un coussin; l'autre le violon de Filippo, orné de rubans et de fleurs. — Giannina paraît sur le seuil de la porte de droite.

Vivat!

MAÎTRE FERRARI, à Filippo.

Viens dans mes bras! Je te proclame roi
Du métier, lauréat et maître ès-lutherie,
Et sur-le-champ, devant toute la confrérie,
Je vais d'abord tenir ma promesse au vainqueur.
Donc, mon associé, mon gendre, sur mon cœur!...
... Mais avant tout... Voilà que je me le rappelle...

Prenant la chaîne et s'avançant vers Filippo.

La chaîne d'or...

FILIPPO, la lui prenant des mains et allant la mettre au cou de Giannina.

Je l'offre à Giannina la belle,
En la priant d'en faire un bijou favori,
Quand mon ami Sandro deviendra son mari.

GIANNINA.

Bon Filip!

SANDRO, à voix basse, à Filippo.

Mon noble ami! mon frère!

MAITRE FERRARI.

Halte!
Tu n'as point fait tes vœux de chevalier de Malte,
Et tu peux l'épouser...

FILIPPO.

Non, mon bon maître, non.
Je veux aller au loin porter votre renom,
Et dès demain je pars pour mon tour d'Italie.
Voyez-vous, j'avais fait un rêve... une folie!...
Et ce qui pouvait être enfin n'a pas été.
Oui, je pars, trop heureux si je suis regretté
Et suivi du regard comme les hirondelles...
Je ne demande pas de souvenirs fidèles,
Seulement un regret... c'est plus que je ne vaux.

Attirant vers lui Sandro et Giannina.

Et lorsque l'atelier reprendra ses travaux
Et qu'à notre établi, près de ta bien-aimée,

Compagnon, tu feras ta tâche accoutumée,
Si quelque corde, ainsi qu'il arrive parfois,
Avec un son plaintif se brise entre tes doigts,
Songez tous deux, songez qu'en cet adieu suprême,
Je sens mon pauvre cœur qui se brise de même !...
Je sais, mes bons amis, que vous n'y pouvez rien...
Mais n'oubliez jamais que je vous aimais bien !

MAÎTRE FERRARI.

Ingrat ! Mais tu veux donc que ma maison périsse ?

FILIPPO.

Je vous laisse Sandro.

MAÎTRE FERRARI.

Quel étrange caprice !
Tu plantes-là bonheur, fortune, et cœtera...
Que gardes-tu ?

FILIPPO, saisissant son violon.

Ceci,

A part.

qui me consolera.

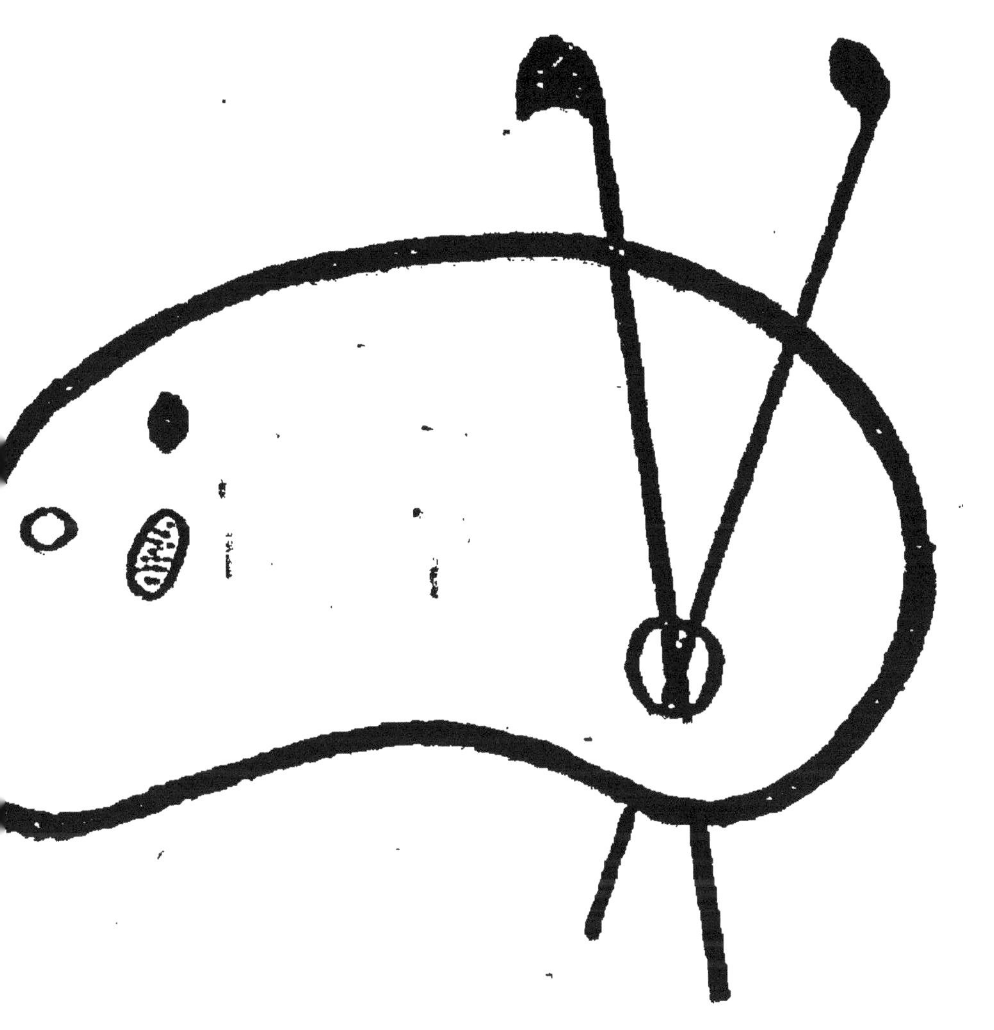

www.ingramcontent.com/pod-product-compliance
Ingram Content Group UK Ltd.
Pitfield, Milton Keynes, MK11 3LW, UK
UKHW012107240726
13965UKWH00004B/1601